Tools We Use
Builders

Instrumentos de trabajo
Los constructores

Dana Meachen Rau

Marshall Cavendish
Benchmark
New York

Builders love to build houses!

They build bridges and office buildings, too.

———◈———

¡A los constructores les encanta construir casas!

También construyen puentes y edificios de oficinas.

Builders start with a plan.

The plan shows them what they need to do.

Los constructores comienzan su trabajo con un plano.

El plano les indica qué tienen que hacer.

A builder uses a *backhoe* to dig holes.

A big truck carries the dirt.

❖

Un constructor usa una *excavadora* para cavar hoyos.

Un camión grande carga la tierra.

Builders wear hard hats.

These hats *protect* their heads.

Los constructores usan cascos.

Estos cascos les *protegen*
la cabeza.

They wear special glasses.
The glasses protect their eyes.

❖

Ellos usan gafas especiales.
Las gafas les protegen los ojos.

Builders work with wood.

The wood becomes a wall.

Los constructores trabajan
con madera.

Usan la madera para hacer
una pared.

They *measure* the wood.

They mark it with a pencil.

Ellos *miden* la madera.

La marcan con un lápiz.

They cut the wood with a saw.

They nail the pieces with
a hammer or nail gun.

---◆---

Ellos cortan la madera con
una sierra.

Clavan las piezas con un martillo
o una clavadora.

Walls can be made of brick, too.

Builders lay bricks in rows.

Las paredes también se pueden hacer con ladrillos.

Los constructores ponen los ladrillos en hileras.

Some walls are made of metal.

The metal parts fit together.

Algunas paredes se hacen
con metal.

Las partes de metal encajan
unas entre otras.

This building will be tall.

Builders need ladders to reach up high.

Este edificio será alto.

Los constructores necesitan escaleras para llegar hasta arriba.

Some parts of a building are heavy.

A *crane* lifts them up to the builder.

Algunas partes del edificio son pesadas.

Una *grúa* las eleva hasta el lugar donde está el constructor.

Builders wear tool belts.

They are always ready with the tools they need.

Los constructores usan cinturones de herramientas.

Siempre tienen a la mano las herramientas que necesitan.

Tools Builders Use
Instrumentos de trabajo de los constructores

backhoe
excavadora

bricks
ladrillos

crane
grúa

glasses
gafas

28

hard hat
casco

nail gun
clavadora

wood
madera

Challenge Words

backhoe A big machine that digs holes.

crane A big machine that lifts heavy objects.

measure To see how long or short something is.

protect To keep safe.

Vocabulario avanzado

excavadora Máquina grande que cava hoyos.

grúa Máquina grande que eleva objetos pesados.

miden Ven qué tan largo o corto es algo.

proteger Cuidar del peligro.

Index

Page numbers in **boldface** are illustrations.

backhoe, 6, **7**, **28**, 29
bricks, 18, **19**, **28**
bridge, 2
builder, 2, **3**, 4, 6, 8, 12, 18, 22, **23**, 24, 26
building, 2, 22, **23**, 24, **25**

crane, 24, **25**, **28**, 29

dirt, 6, **7**

eyes, 10

glasses, 10, **11**, **28**

hammer, 16
hard hat, 8, **9**, **29**
head, 8
hole, 6
house, 2, **3**

ladder, 22, **23**

measure, 14, **15**, 29
metal, 20, **21**

nail gun, 16, **17**, **29**

pencil, 14
plan, 4, **5**
protect, 8, 10, 29
    (*See also* glasses, hard hat)

saw, 16

tool belt, 26, **27**
truck, 6, **7**

wall, 12, **13**, 18, **19**, 20, **21**
wood, 12, **13**, 14, **15**, 16, **29**

Índice

Los números en **negrita** corresponden a páginas con ilustraciones.

cabeza, 8
camión, 6, **7**
casa, 2, **3**
casco, 8, **9**, **29**
cinturón de herramientas, 26, **27**
clavadora, 16, **17**, **29**
constructor, 2, **3**, 4, 6, 8, 12, 18, 22, **23**, 24, 26

edificio, 2, 22, **23**, 24, **25**
escalera, 22, **23**
excavadora, 6, **7**, **28**, 29

gafas, 10, **11**, **28**
grúa, 24, **25**, **28**, 29

hoyos, 6

ladrillos, 18, **19**, **28**
lápiz, 14

madera, 12, **13**, 14, **15**, 16, **29**
martillo, 16
metal, 20, **21**
miden, 14, **15**, 29

ojos, 10

pared, 12, **13**, 18, **19**, 20, **21**
plano, 4, **5**
proteger, 8, 10, 29
    (*Véase también* gafas, casco)
puente, 2

sierra, 16

tierra, 6, **7**

About the Author

Dana Meachen Rau is an author, editor, and illustrator. A graduate of Trinity College in Hartford, Connecticut, she has written more than one hundred fifty books for children, including nonfiction, biographies, early readers, and historical fiction. She lives with her family in Burlington, Connecticut.

With thanks to the Reading Consultants:
Nanci Vargus, Ed.D., is an Assistant Professor of Elementary Education at the University of Indianapolis.

Beth Walker Gambro received her M.S. Ed. Reading from the University of St. Francis, Joliet, Illinois.

Sobre la autora

Dana Meachen Rau es escritora, editora e ilustradora. Graduada del Trinity College de Hartford, Connecticut, ha escrito más de ciento cincuenta libros para niños, entre ellos libros de ficción histórica y de no ficción, biografías y libros de lectura para principiantes. Vive con su familia en Burlington, Connecticut.

Con agradecimiento a las asesoras de lectura:
Nanci R. Vargus, Dra. en Ed., es profesora ayudante de educación primaria en la Universidad de Indianápolis.

Beth Walker Gambro recibió su Maestría en Ciencias de la Educación, con especialización en Lectura, de la Universidad de St. Francis, en Joliet, Illinois.

Marshall Cavendish Benchmark
99 White Plains Road
Tarrytown, New York 10591-9001
www.marshallcavendish.us

Text copyright © 2008 by Marshall Cavendish Corporation

Library of Congress Cataloging-in-Publication Data

Rau, Dana Meachen, 1971–
[Builders. Spanish & English]
Builders / by Dana Meachen Rao = Los constructores / de Dana Meachen Rau.
p. cm. – (Bookworms. Tools we use = Bookworms. Instrumentos de trabajo)
Includes index.
ISBN 978-0-7614-2821-3 (bilingual edition) – ISBN 978-0-7614-2797-1 (spanish edition)
ISBN 978-0-7614-2656-1 (english edition)
1. Building–Juvenile literature. 2. Construction workers–Juvenile literature.
3. Tools–Juvenile literature. 4. Building materials–Juvenile literature.
I. Title. II. Title: Los constructores.
TH159.R3818 2007b
690–dc22
2007013916

Spanish Translation and Text Composition by
Victory Productions, Inc.

Photo Research by Anne Burns Images

Cover Photo by *Corbis*/Royalty Free

The photographs in this book are used with permission and through the courtesy of:
Corbis: pp. 1, 17, 27, 29C Royalty Free; pp. 3, 11, 28BR Stock Photos/zefa/Lance Nelson;
pp. 5, 9, 29L Robert Llewellyn; pp. 13, 29R Pete Saloutos; pp. 19, 28TR Ecoscene/Anthony Cooper;
p. 23 Helen King; pp. 25, 28BL Alan Schein Photography. *Jupiter Images*: pp. 7,
28TL Index Stock/ Phil Moughmer; p. 15 Brand X; p. 28. *SuperStock*: p. 21 Ingram Publishing.

Printed in Malaysia
1 3 5 6 4 2